NESLİHAN SALTAŞ

NAR YAYINLARI: 515
Talihsiz İsimler Dizisi-2

BALABULAN

ISBN: 978-605-370-423-2

Yazan: **Neslihan Saltaş**
Resimleyen: **Emine Arslan**
Editör: **Abdullah Türkmenoğlu**
Tasarım ve Uygulama: **Furkan Arıhisar**

Baskı Tarihi: Haziran 2018 / Ramazan 1439

Baskı ve Cilt:
Ertem Basım Yayın Dağıtım San. Tic. Ltd. Şti. / Ankara
Telefon: +90 (312) 640 16 23
Sertifika No: 16031

Nar Yayınları
Müzik, Film ve Reklamcılık Ltd. Şti.

Maltepe Mah. Litros Yolu Sok. Fatih Sanayi Sitesi
No: 12 Kat: 2 Daire: 266-267 • 34010 Topkapı-Zeytinburnu/İstanbul
Tel: +90 (212) 512 37 69, +90 (212) 512 10 93
Faks: +90 (212) 512 31 42

www.naryayinlari.com • info@naryayinlari.com

BALABULAN

NESLİHAN SALTAŞ

RESİMLEYEN: **EMİNE ARSLAN**

GENÇ

YAZAR HAKKINDA

NESLİHAN SALTAŞ, eşi ve iki çocuğuyla birlikte sakin bir hayat sürüyor. En çok yazmayı seviyor, kurşun kalemle, sarı kâğıtlara…

Önemsiz bir ayrıntı olsa da 1982 güzünde Osmaniye'de doğdu ve portakal çiçeklerini özlüyor.

İÇİNDEKİLER

ULUKAVAK TIRMANIŞI

Çok çok uzun zaman önce Göktürk Obası'nda **KANTURALI** adında bir kam yaşardı. Ruhunun sık sık göksel yolculuklara çıkma gibi bir alışkanlığı vardı.

Bu yolculuklarından birinde Kanturalı, tam da **DEMİRKAZIK**'a ulaştığında acuna şöyle bir uzaklardan bakası tuttu da tüm GÖKTÜRK NESLİNİN KILIÇTAN GEÇİRİLDİĞİNİ görüverdi.

> Kamlar böyledir işte. Uçuk ruhları, bazen geleceği tüm netliğiyle görüverir.

Zavallı Kanturalı, dizlerini döverek indiği bu yolculuk sonrasında obasını kaçmaya ikna etmeye uğraşıp durdu. TÜRK NESLİ ÖLECEĞİNİ BİLSE TOPRAĞINI BIRAKMAZ; tabii onu dinlemediler. Kanturalı da tam baskının başladığı sırada, kurtarmayı başarabildiği üç-beş kişiyle birlikte, giriş-çıkış yolunu yalnız kendisinin bildiği **ERGENEKON**'a gitti.

Göktürkler bir yeri yurt tuttuklarında ilk yaptıkları şey, **GÖK TENGRİ'YE YOL OLACAK KUTLU BİR AĞAÇ** dikmektir. Kanturalı da bir **KAVAK AĞACI** dikti. İnanışa göre Gök Tengri'nin acunda bitirdiği ilk ağaçtı kavak. Böylece, Türk nesli için yepyeni bir başlangıç yapmış oldu.

KEHANET DER Kİ:

> **"Korunaklı Ergenekon, Ulukavak'ın en tepesine tırmanan bir yiğit gelene dek bolluk ve bereket içinde Türk neslini yeniden bayındır kılacaktır."**

İşte o gün bu gündür ilk **MÜÇELİNİ*** dolduran oğlanlar, Ulukavak'ın en tepesine, kurt başlı mavi bayrağı bağlamak için yarışıp dururlar...

* **Müçel:** On iki yıllık zaman dilimi

1. Bölüm

ASENA'YI ARAMA

Çok çok uzun zaman önce bir grup göçebenin mahsur kaldığı Ergenekon'da Balabulan sivri kayalıkların arasında umutsuzca dolanmaktaydı. Oldukça ufak tefek, **ÇELİMSİZ OĞLANIN TEKİYDİ BALABULAN.** Yaz ortasında güneş tam tepedeyken koşturup durduğundan alnında boncuk boncuk ter birikmiş, yanakları dışı güzel yaban elması gibi allaşmıştı.

"AAAUUUU!" diye bağırıyordu Balabulan. Ancak bağırışı kurt ulumasından çok köpek havlamasını andırdığından sesine cevap alamıyordu.

Balabulan, bu sıcaktan kavrulmuş ıssız kayalıkların arasında kardeşi Asena'yı arıyordu. Normalde, **"ASENAAAA!"** diye bağırması gerekirken kurt uluması taklidi yapmasının sebebi, **ASENA'NIN KURTLAR TARAFINDAN BÜYÜTÜLMÜŞ OLMASIYDI.**

Balabulan onu birkaç ay önce obanın en uç noktalarından biri olan **SİVRİBURUN'DA,** kurt yavrusu avına çıktığında bulmuştu. İlk başta bulduğu şeyin

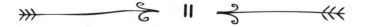

yetişkin bir kurt olduğunu sanmıştı. Ama onu oba meclisine götürdüğünde obanın büyücüsü Kam Ana, üstündeki postu kaldırarak onun bir insan yavrusu olduğunu keşfetmişti. İşte o gün bu gündür Asena, **BALABULAN'IN KURT KARDEŞİ** olmuştu.

O zamanlar Balabulan, **EBESİÇEKEN** ismiyle anılıyordu. Bu oldukça komik bir isimdi. Bu yüzden Ebesiçeken ad-at töreninde, ad istemiş, oba ozanı Kuday Ata da ona **BALABULAN** ismini layık görmüştü.

Balabulan'ın tek dileği, şöyle kahramanca bir isme kavuşmaktı. **ALPTİGİN, KÜLTİGİN, TİMUÇİN, İLTERİŞ...** Ama kolay değildi bu. Ne kadar alplik, o kadar isim... Töre, çaba göstermeyene isteğini tabii ki de vermeyecekti.

"AAAAUUUUU!" diye tekrarladı Balabulan. Kayalıkların arasından coşkusuzca sızan bir derenin kenarında burnundan soluyarak, **"ASENAAAA!** Gel kuçu kuçum. Hadi kızım! Balabulan sana et verecek."

Elindeki **BİR PARÇA TAVUK BUDUNU** kolu yettiğince havaya kaldırıyordu. Tavuk budu Asena'yı kandırmak için son çaresiydi. İşe yaradı. Kısa bir bekleme anından sonra Asena, suyu boylu boyunca çevreleyen **SAZLARIN ARASINDAN ÇIKTI.**

"Of!" dedi Balabulan, "Şu haline bak, yine gidip o kurt postunu giymişsin. Kıyafetlerin nerede?"

Asena bir koşu gidip saklandığı sazların arasından şalvarıyla tuniğini alıp geldi. **BALABULAN'IN SURATINA ATLAYIP ONU YERE DEVİRDİ.** Sonra tavuk budunu kapıp obaya doğru harekete geçti. Balabulan çaresizce peşinden koştu. Oba meydanına ulaştığında durdu. Asena çadıra girmişti nihayet.

Balabulan, soluk alışverişi düzelsin diye eğilirken, **"BAK BAK BAK! KİMLERİ GÖRÜRÜZ?"** diye sinsi sinsi seslendi Kayındeviren.

KAYINDEVİREN obanın büyük beyi Bamsı'nın oğluydu. Balabulan'ın tam olarak bilmediği sebeplerden ötürü kendisinden pek hoşlanmıyordu. Bunlar Balabulan'ı çok da meraklandırmıyordu aslında. Çünkü o da Kayındeviren'den hiç haz etmiyordu.

BAZEN BAZI DUYGULAR KARŞILIKLIDIR, sebep aramaya gerek yoktur. İkisinin arasında olan da öylesine bir duyguydu belki, Balabulan bunun üzerinde hiç düşünmemişti.

Balabulan, Kayındeviren'in sesini duyar duymaz doğruldu. **OLDUĞUNDAN BÜYÜK GÖRÜNMEK İÇİN** dikelebildiğince dikeldi. Kayındeviren pis pis sırıtıyordu, boynuna astığı iki zavallı yaban ördeğiyle iğrenç görünüyordu.

Balabulan ONA MEYDAN OKURCASINA başını biraz daha kaldırınca Asena'nın az önce üstüne fırlattığı şalvarının bir bacağı kafasından kayarak gözlerinin üzerine düştü.

"HAH HAH HAH..." diye güldü Kayındeviren tükürükler saçarak.

Kayındeviren gülmeye devam ederken obadaki diğer oğlanlar öğretmenleri Boğakaçıran'la birlikte atlarıyla meydana girdiler.

"NE OLUYOR BURADA?" diye sordu Boğakaçıran.

BOĞAKAÇIRAN her daim küplere binmiş gibi öfkeli bir adamdı. Öyle iri yarıydı ki adının hakkını sonuna kadar verirdi. Hakikaten büyükçe bir boğayı kaçırabilecek bir görüntüye sahipti. Avdan da memnun değildi anlaşılan.

"SİZİ SÜMÜKLÜ BÖCEK BİLE VURAMAYAN USSUZ KAFALILAR!" diyerek devam etti.

"Ebesiçeken Balabulan ava gelmemiş de meydanda eğlenir." dedi Kayındeviren. Boğakaçıran'ın Balabulan'ı paylamasını beklediği her hâlinden belliydi.

"EEEEEE!" dedi Boğakaçıran.

Balabulan, Boğakaçıran'dan böyle imalı bir "Eeeee!" duysa, ardına bakmaksızın kaçardı ama Boğakaçıran, Kayındeviren'e karşı biraz daha anlayışlıydı. Ne de olsa **BAMSI'DAN SONRAKİ OBA YÖNETİCİSİ** o olacaktı. Büyük bir kahraman gelip ortalığı alt üst etmezse tabii.

Şimdilik Kayındeviren rakipsiz görünüyordu lakin obada derler ki:

"Gün doğmadan neler doğar."

"Beyim, ava gelmemenin cezası vardır." dedi Kayındeviren kem küm ederek.

"BRE DENSİZLER, BEN BİLMEZ MİYİM TÖREYİ? Ne cüretle hükmümü sorgularsınız?" diye gürledi Boğakaçıran.

Tüm oğlanlar atlarından inerek **DERHAL HAZIR OLA GEÇTİLER.** Boğakaçıran'ın sesi öyle gürdü ki en çetin gök gürültüsünü bile alaşağı edebilirdi.

On iki oğlan korkuyla ayaklarının ucuna bakarken Boğakaçıran bir süre sessizliği dinledi.

Sonra, **"AFERİN, AFERİN!"** dedi memnuniyetle. "Savaşta komutana itaat en önemli harekettir."

"İyi de biz kimseyle savaşmıyoruz ki. Kanturalı'nın yeri **UÇMAĞ*** ola. Ergenekon'a ne girebilen var ne de buradan çıkabilen." diye konuştu arkalardan biri.

• Uçmağ: Cennet

Herkes aynı anda başını çevirdi hemen. Yarısıölük'tü tabii bu kişi.

YARISIÖLÜK, Balabulan'ın en iyi arkadaşıydı. Sıranın sonunda durmasına rağmen kalabalıkta hemen seçiliyordu. **DEV GİBİ BİR OĞLANDI** çünkü hem enine hem boyuna... Boğakaçıran onun kendince mantıklı sorular sormasına gıcık oluyordu.

"EY KURBAN OLDUĞUM GÖK TENGRİ!" dedi Boğakaçıran. "Sen akıl dağıtırken bu Yarısıölük nerelerdeydi acep?"

"Hayat ağacının gölgesinde uyuyordu kesin." diye fikir belirtti Tamisabet.

TAMİSABET attığı her ok, hedefini bulduğundan bu ismi hak etmişti. **KAYINDEVİREN'İN GÖLGESİ GİBİYDİ.** Fikri herkesi eğlendirmiş olacak ki Yarısıölük ve Balabulan dışındaki tüm oğlanlar gülmekten ağlayacak gibi oldular.

Balabulan, Yarısıölük'ün birçok fikrine katılıyordu. Şu an söylediği şeyi de oldukça yerinde buluyordu. Sabah-akşam atış talimi, kılıç-kalkan oyunu, tokat-yumruk alıştırmasının ne gereği vardı ki? **ERGENEKON'A BİR GİRİŞ-ÇIKIŞ YOLU OLSA** düşmanlardan önce kendileri bulurlardı ilkin. Çünkü

DÖRT YÜZ YILDIR arıyorlardı. Balabulan Çinli düşmanlarının hâlâ kendilerini aradığına hiç ama hiç inanmıyordu.

Eskiden olsa Balabulan, Yarısıölük'ü haklı bulur gene de susardı. Ancak artık canına tak etmişti.

"YARISIÖLÜK BENCE HAKLI BEYİM." dedi. Sesi umduğundan cılız çıkmıştı.

"YAAAAAA!" diyerek tehditkâr bir havada mırıldandı Boğakaçıran. **"KAYINDEVİREN!"** diye emretti.

Kayındeviren hemen öne çıkıp hazır ola geçti. Gözleri parlıyordu ve doğrudan Balabulan'a bakıyordu.

> "Şu karşındaki asker üzerinde, Çinli düşmanlarımızın aniden baskın numarasını bir göster bakalım. Balabulan hazır mı, değil mi bir görelim."

Kayındeviren, **"Çİ, ÇAN, ÇUUU!"** sesleri eşliğinde anında Balabulan'ın üstüne çullandı. Öylesine hızlı hareket ediyordu ki Balabulan tekmelerle yumrukların hangi taraftan geldiğini görmek şöyle dursun sezemiyordu bile. Yaklaşık bir dakika süren arbedenin ardından, Balabulan'ın fena hâlde dayak yemesiyle **ÇİNLİ BASKINI TALİMİ** sona erdi.

"Balabulan'ı yapıştığı yerden temizleyin." diye gürledi Boğakaçıran.

Tamisabet'le Tezkoşan, koltuk altlarından tutarak Balabulan'ı kaldırdılar.

"**SÜ*** uyur, düşman uyumaz." dedi sakince Boğakaçıran. "Hazırlıksız yakalanırsanız sizi böyle yerden kazımazlar bile, üstünüze basar bir iyi çiğnerler. Ta ki kalkamayacağınızdan emin olana kadar..."

"**SÜ UYUR, DÜŞMAN UYUMAZ! SÜ UYUR, DÜŞMAN UYUMAZ!**" diye tutturdu oğlanlar. Boğakaçıran işaret verince sustular.

"Yaban ördeği avına gelmedin." dedi Boğakaçıran, Balabulan'a.

Balabulan'ın her yeri sancıdığından sesi çatlayarak, "**BACIMI ARIYORDUM YA BEYİM.**" dedi.

"Biliyorum, buldun mu onu soruyorum."

"Buldum." dedi Balabulan kısaca.

"İyi, iyi. Bir askerin birinci önceliği bacılara sahip çıkmaktır."

Boğakaçıran ellerini arkada bağladı ve sıra olmuş

* Sü: Asker

oğlanların önünde bir ileri bir geri volta atarak bir süre düşündü. Balabulan'a öyle geliyordu ki aklından geçirdikleri KENDİSİ İÇİN PEK HAYIRLI DEĞİLDİ.

"Yaban ördeği avı tamam. Amma bir askerin komutanına karşı gelmesi kabul edilemez." Boğakaçıran, "mez" hecesinin önemini ayağını yere vurarak pekiştirdikten sonra,

"Biliyorsunuz ki birkaç gün sonra ULUKAVAK TIRMANIŞI var." dedi.

Boğakaçıran tırmanışı hatırlatınca, **"ABA TÖS"** diye geçirdi aklından Balabulan. "Aba Tös, yani Ayı Ata..."

BUNDAN DAHA İYİ BİR İSİM OLABİLİR MİYDİ? Ulukavak'a tırmananın alacağı isim buydu işte.

Balabulan hülyalarından Boğakaçıran'ın "E, birinin oradaki tezekleri temizlemesi şart." demesiyle uyandı.

"BALABULAN'LA YARISIÖLÜK GÖNÜLLÜ OLDULAR." diye duyurdu Boğakaçıran, "Biraz önce, komutanla usule uygun konuşmadıkları zaman." Sonra da ikisinin bir karış açık kalan ağızlarına aldırmadan çekip gitti.

2. Bölüm

BALABULAN ADALMAYAN

Boğakaçıran uzaklaşınca Kayındeviren, Tamisabet'e göz kırptı, o da Tezkoşan'ı dürttü; böylece aynı anda Balabulan'ı yere bıraktılar.

Balabulan kalkmaya uğraşırken, **"HİÇ HEVESLENME BALABULAN."** diye tavsiye verdi Kayındeviren, "O ağaca sen tırmanmayacaksın nasılsa."

Yarısıölük gelip tek eliyle Balabulan'ı ayağa kaldırdı.

"SENİ DE GÖRECEĞİZ KAYINDEVİREN!" dedi meydan okuyarak, "O koca poponla bakalım kaç adım ilerleyeceksin?"

İyice sinirlenen Kayındeviren, "Bak şimdi aklıma ne geldi?" diye sordu pis bir sırıtışla. "Balabulan'a **YENİ BİR İSİM** buldum ben, biraz önce şu şalvarı kafasında gördüğümde!"

Kötücül bir kahkahanın ardından, **"BALABULAN ADALMAYAN."** dedi, "Kurbağalar kavağa çıkınca başka bir isim alırsın belki."

Yarısıölük, Balabulan'ı sürüklerken diğer oğlan-
lar hiç durmaksızın bu şarkıyı söylediler:

"BA-LA-BU-LAAAN AD-AL-MA-YAAAN..."

3. Bölüm

OZANLIK EĞİTİMİ

Balabulan o gün ustası Kuday Ata'nın otağına gittiğinde gözlerine inanamadı.

KUDAY ATA obanın ozanıydı. Balabulan onun çırağı olmayı hiç istememesine rağmen Boğakaçıran'ın emri gereği aylardır Kuday Ata'nın yanında **OZANLIK EĞİTİMİ** görüyordu.

Kuday Ata masalları ve destanları anlatırken şiirsel bir dil kullanır ve aralarda kopuzuyla masala uygun, bazen hareketli, bazen de ağır ezgiler çalardı. Ancak **BALABULAN KOPUZ ÇALMAYI HİÇ BECEREMİYORDU.** Zaten obanın ozanı olmak gibi bir gayesi de yoktu.

Kuday Ata seksenlerini aşmış, oldukça yaşlı bir adamdı. Özellikle iş Balabulan'a isim vermeye geldiğinde **KAFASI HAYLİ KARIŞIYORDU.** Balabulan, birisi onun yaşlılıktan bunadığını sanacak diye çok korkuyordu ve bunun olmaması için elinden geleni yapıyordu.

Yakında **ÇIRAK ATAMA AYI** gelecekti nasılsa. Balabulan o zaman bu işin kendisine uygun olmadığını söyleyip kurtulacağını umuyordu.

NASIL DA YANILIYORDU!

Balabulan bir süre girişte delice aranmakta olan ustasına bakakaldı. Otağın altı üstüne gelmişti resmen. Tüm dağınıklığı Balabulan toplayacağı için dehşetle,

"ATAM KUDAY, DE HELE BİR, NE ARARSIN?" diye sordu.

Kuday Ata, Balabulan'ın seslenişiyle kendine gelerek durdu. Dikkatle Balabulan'a bakarak,

"Yoktur bir şey aradığım, onu da nereden çıkarırsın?" dedi şaşırmış bir şekilde.

Balabulan ne diyeceğini bilemeyerek darmadağın otağa göz gezdirdi. İçeri girdi.

"ÇADIR ALT ÜST OLMUŞ GİBİ." dedi.

Kuday Ata otağını ilk kez görüyormuş gibi etrafına bakındı.

"BİLMEM." dedi kederle.

Kamburunu çıkara çıkara ocağın yanı başındaki iskemlesine gidip oturdu. İki eliyle bastonunu kavrayarak çenesini yumuk ellerine dayadı.

"KOCADIM BALABULAN," dedi. "Gel şöyle otur yanıma."

Balabulan yanına, yerdeki bir koyun postunun üzerine oturdu.

"BELİM BÜKÜLDÜ. Aklım yayaş yavaş karışır." diye dertli dertli konuşmaya başladı Kuday Ata.

"Artık seni çıraklıktan çıkarmanın vakti gelmiştir, ozanlığı sana vermem gerekir."

"Yok yook!" dedi Balabulan endişeyle. **"BEN OZAN OLMAK İSTEMEM."**

"Bu iş için uygunsun, çok çırak gördüm ben, sen en iyisisin." diye ısrar etti Kuday Ata.

"KOPUZ BİLE ÇALAMIYORUM." dedi Balabulan.

Kuday Ata en havalısından bir salla gitsin işareti yaptı. "Tüm hikâyeleri biliyorsun, KAFAN ZEHİR GİBİ SENİN. Üstelik cılızlığın bu işi yapmana engel değil." diye şakıdı.

Balabulan, iyi bir şey söylediğinden kesinlikle emin görünen Kuday Ata'ya inanamayan bir bakış fırlattı.

"Cılızlar yiğit olamaz mı sanki! **YİĞİTLİK CÜSSEYLE Mİ OLUR?"** diye sordu.

Kuday Ata onu incittiğini anlayarak,

"BAK BU İŞ İYİ BALABULAN." dedi, "Hafızam tamamen yok olmadan, senden daha uygun bir aday bulamam, hem..."

"Hem ne?" dedi Balabulan öfkeden kontrolünü kaybederek. "Balabulan ömür boyu kopuz tıngırdatsın, masal anlatsın. **SONUNDA ALDIĞI İSİM, KUDAY.** Kayındeviren bu kez nasıl alay eder acaba?"

Balabulan öylesine kendini kaybetmişti ki Kuday Ata'yı yaraladığının farkına ancak o sessizce yerinden kalkıp ortalığı toparlamaya kalkışınca vardı. Böyle sessizken çok mahzun görünüyordu.

BALABULAN SÖYLEDİKLERİNE PİŞMAN OLDU. Utanarak,

"Kusuruma bakma Atam Kuday, çok ayıp ettim." dedi.

KUDAY ATA anlayışla çırağının gözlerinin içine baktı. Biraz önce söylemeye çalıştığı şeyi unutmamıştı,

"Hem sen ahlaklısın Balabulan, obanın sırlarını öyle önüme gelene açamam."

Tüm bu arayış, tartışma onu bitkin düşürmüş olacak ki sedirine çekildi. Uzanırken, **"SENİ ZORLAMAM BİLESİN BALABULAN AMMA BİR DÜŞÜN."** dedi.

Küçücük oba, on iki çadır, on iki oğlan diye düşündü Balabulan.

KAYINDEVİREN olmazdı, zaten bey oğluydu, beylikte hakkı vardı.

TAMİSABET, Kayındeviren'in evcil köpeği gibiydi, büyük ihtimal elebaşı olurdu.

TEZKOŞAN acelecinin tekiydi, muhtemelen tek cümlede masalı bitirir, hiç ederdi.

YARISIÖLÜK hiç olmazdı, her daim uyumaya hazır birinin masal anlatması beklenemezdi...

Balabulan herkesle ilgili aşağı yukarı bir tahlil yapıp Kuday Ata'nın haklılığı yönünde bir karara vardı. Ama kendisinin de bu iş için uygun olmadığı yönünde güçlü hislere sahipti çünkü OZAN OLMAK İSTEMİYORDU.

Bir yandan da sırları düşünüyordu Balabulan. Neyle ilgiliydiler acaba?

Sonra Balabulan'ın aklına Kam Ana'nın, yavru kurt avına çıktığı gün söyledikleri geldi.

"SANA KANTURALI'NIN HİKÂYESİNİ ANLATTI MI? ANLATSA BULURDUN." demişti Kam Ana.

Balabulan düşüncelerinden yorularak Kuday Ata'ya baktı. Çoktan uyumuştu, göğsü düzenli aralıklarla inip kalkıyordu. Balabulan ona bakarken gerçekten ozan olduğunu hayal etti: **YAŞLI, YORGUN VE YALNIZ...**

4. Bölüm

ULUKAVAK DÜZLÜĞÜ'NDE

Balabulan, Kuday Ata'nın otağından çıktıktan sonra Yarısıölük'e gitti. Birlikte tezekleri toplayacaklardı.

ULUKAVAK DÜZLÜĞÜ'NE vardıklarında burası Balabulan'a her zamankinden daha büyük göründü. Boğakaçıran obadakilere düzlüğün tırmanış şenliği için hazırlanacağını söylemişti besbelli.

Düzlükte tek bir hayvan bile yoktu ama tezek çoktu. Yarısıölük her yana dağılmış tezek öbeklerine bakarak, **"DOĞRU SÖYLEYENİ, DOKUZ OBADAN KOVARLARMIŞ."** dedi.

Balabulan düzlüğe şöyle bir göz gezdirdi. Burası obanın hemen üst tarafında, bir yanı uçurum diğer yanı dağ yamacı olan genişçe bir alandı. Dağ yamacından incecik bir dere, zikzaklar çize çize düzlüğü boylu boyunca dolanıyor ve burayı **UÇMAĞDA** meralar varsa eğer tam da oradan bir köşeye çeviriyordu.

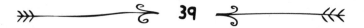

Balabulan, yemyeşil çayırlar arasından boy veren rengârenk kır çiçeklerine baktıktan sonra gözünü düzlüğün orta yerinde göğe uzanan, muazzam büyüklükteki **KAVAK AĞACINA** dikti. Ağacın gövdesi Balabulan'ın şimdiye kadar gördüğü **TÜM AĞAÇLARDAN DAHA KALINDI** ve beyaza çalan hoş bir rengi vardı. Gövdenin ta yukarılarından başlayan yapraklı dallar rüzgârla birlikte titreşiyor, güzel bir ses çıkarıyordu.

Balabulan ağacın gövdesine dokunma isteğine karşı koyamayarak yaklaştı. Yarısıölük de peşinden gitti. Oraya vardıklarında **KAM ANA'YI GÖRDÜLER.** Kulağını ağaca dayamış anlaşılmayan bir ilahi mırıldanıyordu. Gözleri kapalıydı.

Yarısıölük el işaretiyle, **"HADİ!"** dedi Balabulan'a.

Balabulan başını salladı. Her ikisi de bu kadından çekiniyordu. Üstüne attığı onca çaputun altında fiziki görünüşü pek seçilmiyordu ama Balabulan onun yaşlı ve sıska bir hatun olduğunu düşünüyordu. **ÇOK TEKİNSİZ BİRİYDİ.** Öyle mucizeler filan göstermese de arada garip gök gürültüleri ve şimşekler oluşturduğu oluyordu. Balabulan tam olarak emin değildi, belki de şimşekler öylesine denk geliyordu.

İkisi arkalarını dönerek gerisingeri gitmeye hazırlandıklarında Kam Ana, "DURUN!" dedi.

Oğlanlar dehşetle birbirine bakarak kalakaldılar. Balabulan, Kam Ana'ya döndüğünde gözlerinin hâlâ kapalı olduğunu gördü. **"BALABULAN VE YARISIÖLÜK!"** dedi Kam Ana, gözlerini açmadan.

Yarısıölük korkuyla Balabulan'a baktı, bu kadın ödünü koparıyordu ama Balabulan onun tehlikeli olduğunu düşünmüyordu. Kam Ana'ya iyice yanaşarak tam önünde durdu, iki parmağını göstererek, **"PEKİ, KİM OLDUĞUMUZU BİLDİN. BU KAÇ?"** diye sordu.

Kam Ana gözlerini açarak, "İki," dedi. "Kam Ana saymayı bilir."

"BİZ OLDUĞUMUZU NASIL ANLADIN?" diye sordu Yarısıölük.

"Ağaç iyesi seni iyi biliyor Yarısıölük, ruhun hep havada süzülür." dedi ciddi ciddi.

"Çok uyursun, uğursuzluktur, bir bakarsın ruhun çekip gitmiş. Koca Yarısıölük'ün postu kalmış geriye."

"Öyle deme!" dedi Yarısıölük korkuyla. **"UYU-YAMAM SONRA."**

Balabulan, müdahale etme gereği duyarak Yarı-sıölük'ün koluna girdi,

"İyi madem. Sana kolay gelsin." dedi Kam Ana'ya. "Ağaç ruhu başka bir şey demiyorsa biz gidelim de tezekleri süpürelim."

Kam Ana hüzünle Balabulan'a baktı,

"AĞAÇ RUHU VAKTİNİN DOLDUĞUNU DER KAM ANA'YA."

Balabulan sapasağlam görünen Ulukavak'a şöyle bir göz attı. Kam Ana'ya gülerek,

"Peki, nasıl doluyormuş vakti?" diye sordu.

Kam Ana, **"RUHUM ÇOK YÜKSELDİ YİNE."** diye bildirdi. Kısık sesle gizemli gizemli konuşuyordu.

"Yaaaa!" dedi Balabulan eğlenerek. "Bu sefer ne gördün? ULUKAVAK'A TIRMANAN OLUYOR MU?"

"Olmuyor." dedi Kam Ana, "Hem bilirsin Kam Ana bedavaya çalışmaz."

"Bilmem mi!" dedi Balabulan, "De haydi. Şu tezeklerden yeterince getiririm sana, kışın yakarsın."

"Balabulan iyi pazarlık eder." dedi Kam Ana. Sonra gözlerini kocaman açarak,

"Bizim kutlu beylerden birinin kanat takıp uçtuğunu görürüm. Sipsivri, taştan yapılmış, yüpyüksek bir otağdan atlar."

"Yok artık!" dedi Balabulan.

"Ya!" dedi Kam Ana onaylayarak, **"DENİZİ GEÇER."**

"Deniz nedir?" diye sordu Balabulan şaşırarak. Balabulan'ın bildiği tek deniz, **OĞUZ KAĞAN DESTANI'**ndaki oğul Deniz'di.

"EEEEE, GÖK SU." dedi Kam Ana.

Balabulan anlamadı.

"Bizim koca göl, denizin yanında damla kalır." dedi Kam Ana.

Balabulan şaşalayarak,

"O kadar su anca uçmağda olur, amma da atıyorsun, bence masalcı sen ol." dedi. "Tezekleri getiririmmm!" diye bağırdı uzaklaşırken.

UÇAN BEYİN ADI, AZARFEN. diyerek belli belirsiz mırıldandı Kam Ana, Balabulan çoktan yolu yarılamıştı, onu duymadı.

Hava olabildiğine sıcaktı yine. Balabulan'la Yarısıölük, gün batana kadar her yana yayılmış **TEZEKLERİ TOPARLAMAKLA UĞRAŞTILAR.** Topladıklarını düzlüğün bir kenarına yığdılar.

Yarısıölük'ün öğleden sonra uyumaması da işleri hayli kolaylaştırmıştı doğrusu. Gerçi ikide bir, **"YA KAM ANA DOĞRU DERSE?"** diyerek Balabulan'ın kafasını şişirmişti ama olsundu. İşi bitiremeselerdi, Boğakaçıran onları gece de çalıştırırdı, orası kesindi.

5. Bölüm

ÇILGIN FİKİRLER

Balabulan o akşam yorgun argın otağına döndüğünde yemek saatiydi. Elini yüzünü yıkayarak o da sofraya oturdu. Yemekte KARABUĞDAY AŞIYLA KÖZDE KIZARTILMIŞ İKİ PİLİÇ vardı. Toktamış Bey, "Buyurun." deyince hep birlikte yemeğe başladılar.

ASENA, kızarmış tavuğun birini kaparak anında kemirmeye başladı. Öyle hızlı yiyordu ki Balabulan elinde kaşık bakakaldı. TAVUĞU BİTİRDİĞİNDEYSE ondan geriye, tek bir noktacığı bile zarar görmemiş MÜKEMMEL İSKELETİ KALDI. Balabulan, Asena'nın bıraktığı yerden iskeleti kaldırdı. İki kanadından kavrayarak göz hizasında tuttu. Aklında delice fikirler belirmişti.

"BEN AÇ DEĞİLİM." dedi sofradakilere.

Annesi, "Olmaz, iki lokma ye bari." diye ısrar ettiyse de Balabulan onu dinleyecek gibi değildi.

"GİDİP BUNU HEMEN GÖMEYİM." dedi iskeleti göstererek. Annesiyle babası onayladılar.

Göktürkler yedikleri hayvanların kemiklerine çok saygı gösterirler, bir hayvanı yerken kemiğine zarar vermemeye dikkat eder, yemekten sonra da kemikleri hemen gömerler.

Balabulan aceleyle çadırından çıkıp Yarısıölük'ü görmeye gitti. Yarısıölük'ün çadırının bir köşesinde tamamen kendi eseri olan muhteşem kilimlerle çevrilmiş KÜÇÜK BİR ATÖLYESİ VARDI. Burada dokuma işleri yapıyordu ve genellikle de içeriye kimseleri sokmuyordu. Balabulan geldiğinde de çalışıyordu.

Yarısıölük'ün babası **İNİ BEY** haber verince, Balabulan'ı içeriye aldı. Dokuma tezgâhının üstünü bir bezle kapamıştı.

"N'oldu?" diye sordu Balabulan içeri girince.

Balabulan heyecanla tavuk iskeletini göstererek, **"BAK, YARISIÖLÜK!"** dedi.

Yarısıölük, "Çok ilginç, hangi hayvan yemiş bu zavallıyı?" diye sordu cıkcıklayarak.

"ASENA." dedi Balabulan, "Ama konu bu değil, gövdesine göre kanatları ne kadar küçük görüyor musun? Uçamıyor."

Yarısıölük, **"TAVUKLARIN UÇAMAMASI İYİ BALABULAN."** dedi, "Yoksa yumurtaları bulamazdık."

"Ben onu mu diyorum?" dedi Balabulan bıkkınlıkla, Yarısıölük'ü yakasından tuttuğu gibi çekti.

"Şuna bak." dedi iskeleti iyice gözüne sokarak, **"KANATLARI BİRAZ DAHA UZUN OLSA UÇABİLİRDİ.** Kam Ana'nın dediklerini hatırlasana, bir bey kanat takıp uçmuş."

"Heee, inandığın şeye bak! Sivri otağdan atlamış falan filan..."

"Sen inanıyorsun ama." diye kestirip attı Balabulan, "Bu saatte uyumadığına göre..."

Yarısıölük gözlerini devirdi.

"GEL DE BANA BİR KANAT YAPALIM."

"Hakikaten kafayı yedin sen." dedi Yarısıölük, **"KANAT TAKIP NE EDECEKSİN?"**

"E, Ulukavak'a tırmanacağım yani üstüne uçacağım demek daha doğru olur."

"Bu tırmanış sayılır mı bilmem?" dedi Yarısıölük şüpheyle.

"Serbest tırmanış değil mi, **HER ŞEY MÜBAHTIR.**" diyerek çılgın fikrini savundu Balabulan.

Yarısıölük özlemle yatağına bakarak esnedi. Balabulan onun aklının yardım etmekle etmemek arasında gidip geldiğini görebiliyordu.

"ÇOK UYURSAN, RUHUN UÇUVERİR Yarısıölük, senden geriye boş bir post kalır." diyerek Yarısıölük'ün bam teline basınca Yarısıölük istemeye istemeye Balabulan'a yardım etmeyi kabul etti.

Balabulan'ın planının ilk adımı, **MARANGOZLUK ATÖLYESİNİ** soymaktı. Kanatlar için orada uygun bir malzeme bulabileceğini düşünüyordu. Yarısıölük bir süre umutsuzca böyle işler için önce bir proje yapmasının gerektiğini söylemeye çalıştı ama nafile. Balabulan genelde işleri aceleye getirirdi.

Marangoz atölyesi de obadaki diğer atölyeler gibi göl kıyısındaydı. Göktürk otağı şeklinde değildi. Sazlardan inşa edilmiş, DÖRT KÖŞELİ, BÜYÜKÇE BİR YAPIYDI. Üstü de çeşitli dallarla örülerek kapatılmıştı.

Balabulan'la Yarısıölük ortalığı kolaçan edip hızlıca içeriye daldılar. Balabulan bir meşale yakınca, her şeyin özenle boylarına göre dizildiği tertemiz bir odayla karşılaştı.

Marangozluk işlerini **BAYTEREK BEY** kontrol ederdi. Gittiği her ortama düzen getirmesiyle bilinen **ÇOK TİTİZ BİR BEYDİ.** Onun için Yarısıölük ve Balabulan çok dikkatli davranıyorlardı. Zira herhangi bir eşya bir parmakçık kıpırdatılsa bile Bayterek Bey anında fark ederdi.

Balabulan kalınlıklarına göre dizilmiş kamışlara yanaşarak en incelerinden birkaç tane almaya koyuldu. Kamışları bağlamak için de özenle kesilmiş deri parçalarından aldıktan sonra atölyeden ayrıldılar.

"ÇOK KOLAY OLDU." dedi Balabulan hızla göl kenarından uzaklaşırlarken.

YARISIÖLÜK TEDİRGİNDİ, "Hırsız olduk." dedi isterik titremeler eşliğinde. "Nereye götüreceğiz bunları?" diye sordu sonra.

"ŞİMDİLİK SENİN ATÖLYENE..." diye cevap verdi Balabulan. Bu fikir o an aklına gelmişti. Yarısıölük itiraz etmek için ağzını açtığında,

"Sadece bir geceliğine, yarın onları şeye sarar, şeye taşırız."

"ŞEYE, NEYE, NEREYE?" diye sordu Yarısıölük. Böyle belirsiz konuşmalardan nefret ederdi.

"Yarın, yarın..." diyerek onu başından savdı Balabulan. Nasılsa gece bir şeyler düşüneceğini umuyordu. YARISIÖLÜK BU CEVAPLA SUSMUŞTU. Uykusunu alamamış mantığı ayarında çalışmıyordu anlaşılan.

Tedirgince bir yürüyüşün ardından malzemeleri Yarısıölük'ün atölyesine sakladılar.

O gece Balabulan huzursuz bir uyku uyudu. Rüyasında sık sık kamışları gizlice alırken Bayterek'e yakalandığını gördü. Aldığı üç beş kamıştı gerçi ama Balabulan rahatsız oluyordu işte. İçindeki o **DOĞRUCU DAVUT**, iş başındaydı yine.

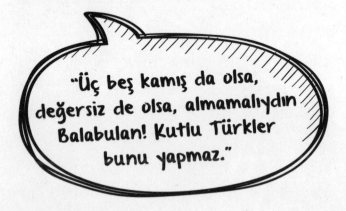

"Üç beş kamış da olsa, değersiz de olsa, almamalıydın Balabulan! Kutlu Türkler bunu yapmaz."

diye bağırıyordu ona.

Balabulan sabaha karşı havlu attı, "Tamam." dedi iç sesine, "Hemen gidip aldıklarımı aynen yerine koyacağım."

Böylece Balabulan'ın **O SABAHKİ PLANI** belirlenmiş oldu. Şafak sökerken Yarısıölük'ün çadırında aldı soluğu. Yarısıölük'ü uyandırmak için onun yattığı köşeye gidip keçenin altından sızacaktı. İçindeki ses, **"İYİCE ZIVANADAN ÇIKTIN SEN."** diye şikâyet ediyordu, "Önce hırsızlık, şimdi de mahremiyete saygısızlık..."

Balabulan, Yarısıölük'ü uyandırıp hızla pişman olduğunu anlattı. Yarısıölük yarı uyur bir vaziyette onun dediklerini pek anlamasa da kurulmuş bir kukla misali ne derse yaptı. Malzemeleri alıp **ATÖLYELERE DOĞRU YOLA KOYULDULAR.** Oraya vardıklarında hava daha tam aydınlanmamıştı.

Balabulan, Yarısıölük'ü kimselerin göremeyeceği bir yere saklayarak gözcü bıraktı. Biri gelecek olursa **HOROZ SESİ ÇIKARARAK** Balabulan'ı uyaracaktı.

Balabulan içeri dalarak aceleyle aldıklarını yerine koydu. İçi ferahlamıştı doğrusu. Gönül rahatlığıyla arkasını dönünce de son derece sinirli, şakağındaki bir damarı fena hâlde atmakta olan Bayterek'le karşılaştı. Korkuyla donakaldı.

"ELLER YUKARI!" dedi Bayterek.

Balabulan iki elini jet hızıyla havaya kaldırdı. Bayterek, korkudan tir tir titreyen Balabulan'ın etrafında bir tur attıktan sonra,

"Sabahın köründe, karga kahvaltısını yapmadan, benim atölyemde ne işin var ozan ÇIRAĞIIIII!"

diye yürek hoplatan bir gümbürtüyle bağırdı.

Balabulan, hızla ihtimalleri zihninde tartıyor, duruma uygun bir yalan uydurmaya uğraşıyor ancak aklına hiçbir şey gelmiyordu.

"Be be ben!" dedi kekeleyerek, **"MUHTEŞEM DÜZEN TUTKUNUZU GÖRMEYE GELDİM."**

Balabulan bu sözcükler ağzından döküldüğü anda söyleyebileceği en berbat yalanın bu olduğunu düşündü. Bayterek onu kesin oba meclisinin önüne atardı artık ama ilginç bir şey oldu.

"Demek sonunda birisi bunun için geldi ha!"

dedi Bayterek sevinçle, **"NEDEN DAHA ÖNCE DEME-DİN OĞUL?"**

"Ben ozan çırağıyım diye..." dedi hemen Balabulan, "Yani siz atölyenize sadece kendi çıraklarınızı alıyorsunuz, başkaları giremezmiş."

"Evet, öyle." diye kabul etti Bayterek, "Aslında DÜZENİMİ MERAK EDEN BAŞKALARI DA OLABİLİR." diye mırıldandı kendi kendine.

"ÇIK!" dedi sonra, "Her önüne gelen buraya girerse, düzen nerede kalır?" diye sordu Balabulan'a.

Balabulan kendini kapana kısılmış gibi hissetmeye başlamıştı. Bir an önce oradan kurtulmak istiyordu.

"ÇOK HAKLISINIZ BEYİM." dedi, "Bence de sadece çok özel olanların girmesi daha iyi."

"Belki..." dedi Bayterek çenesini kaşıyarak. Sonra da ilerleyip Balabulan'ın daha önce hiç dikkatini çekmemiş olan bir dolabın kapağını açtı.

"Madem marangozluk işlerine merak sardın, SANA YENİ BULUŞUMU GÖSTEREYİM, marangozlukta bir devrim." dedi Bayterek gururla.

Balabulan incecik dallardan oluşan yığına baktı.

Koyu vişneçürüğü renginde, upuzun dallardı bunlar. **"BU ÇITKIRILDIM ŞEYLERİN NEYİ DEVRİM?"** diye geçirdi içinden.

"Bunları ilk kez görürüm beyim." dedi, kendini bir şeyler söylemeye mecbur hissederek.

Bayterek dallardan birini eline alıp büktü.

"ASLA KIRILMIYORLAR, NE KADAR KIVIRIRSAN KIVIR. Onlarla dairesel bir tavan tasarlamayı düşünüyorum, çok hafifler." dedi dallardan birini Balabulan'a uzatarak.

Balabulan, dalı elinde evirip çevirdi. Gerçekten de çok çok hafifti, üstelik her şekle girebilecek kadar esnekti. Balabulan BİR KANAT YAPACAKSA MALZEMESİ KESİNLİKLE BU OLMALIYDI.

Bayterek, "Bunun adını Bayterek Sünüğü koydum." dedi, "Sündür sündürebildiğin kadar, kopmuyor. Tamamen bana ait bir buluş."

Balabulan, büyülenmişçesine elindeki dala bakarak, **"ÇOK MANİDAR!"** demekle yetindi. Yarısıölük'ün bu dalları tam bir kanat olacak şekilde örebileceğini düşünüyordu.

Bayterek, **"EVET ANLAMLI."** dedi, "Çok beğendinse al birkaçını, bunların geldiği yerde daha dünya kadar var amma sana nereden bulduğumu demem. Sen soran olursa, benden aldığını de tabii, adını da de, **BAYTEREK SÜNÜĞÜ...**"

Balabulan şansına inanamıyordu. Gökte ararken yerde bulmak bu olmalıydı işte. Bayterek'in fikrini değiştirmesinden korkarak birkaç dal alıp kendini dışarı attı.

"AMAN DEYİM, bir daha izinsiz adım atma buralara." diye tembihledi Bayterek o çıkarken.

Balabulan, **"SAĞ OLASIN BEYİM!"** diyordu boyuna, "Merak buyurmayın, asla gelmem."

Balabulan, Yarısıölük'ü gözcülük yapması gereken kuytuda uyurken buldu.

"HADİ KALK, GÖK TENGRİ BİZDEN YANA." diye başlayarak tüm olan biteni bir çırpıda anlattı.

"Gerçekten de inanılmaz." dedi Yarısıölük, "Bayterek'in gösteriş meraklısı bir budala olduğunu hep biliyordum doğrusu."

"Aman, neyse ne!" dedi Balabulan, **"HADİ GİDİP KANADI YAPALIM."**

6. Bölüm

YİNE SİVRİBURUN'DA

Ulukavak tırmanışına iki gün kala Boğakaçıran tüm dersleri iptal etti. Her öğrencinin kendi tırmanış yöntemini geliştirmesi gerekiyordu.

Ulukavak'ın gövdesinde en çok ilerleyebilene **"AYI TOZU YUTMUŞ"** unvanı verecekti. Bu yüzden herkes tırmanmada kullanacağı yöntemi gizlemek için bir yerlere sıvıştı.

Balabulan o sabah Yarısıölük'e Sivriburun'a gideceğini söyledi.

"İYİ, SANA BAŞARILAR DİLERİM." dedi Yarısıölük.

"Bize, demek istedin herhâlde." dedi Balabulan, "Oraya seninle gidiyorum, kanadı tek başıma yapacağımı düşünmüyorsun umarım, **EN İYİ ARKADAŞ!"**

Yarısıölük isteksizce kabul etmek zorunda kaldı. Çünkü en iyi arkadaş oldukları doğruydu. Bir Göktürk asla arkadaşını yüzüstü bırakmaz, kanlarında yoktur bu.

Balabulan Sivriburun'a gitmek için son hazırlıklarını yaptığı sırada tek sorununun Yarısıölük'ü ikna etmek olmadığını fark etti. Annesi yokken BİRİNİN ASENA'YA BAKMASI GEREKİYORDU. Zaten Balabulan'ın günlük işlerinden biri Asena'yla ilgilenmekti. Aklına onu da yanına almaktan başka bir çözüm gelmiyordu. Yarısıölük'e de söyledi bunu.

"NE ZARARI VAR Kİ?" dedi Yarısıölük. "Biz çalışırken oralarda dolanır, bakarsın tavşan filan yakalar, ne güzel olur."

Balabulan öyle düşünmüyordu, Yarısıölük'e söylemedi bunu tabii. BAZI DENEYİMLERİ BİZZAT YAŞAMAK EN İYİSİDİR.

Asena, Balabulan'ın tahmininin aksine hiç ayak dolaşığı olmadı o gün. Hatta onları Sivriburun'a giden, daha önce bilmedikleri bir patikaya sürükledi. Gerçi **PATİKANIN BİR YERİNDE DAĞ YAMACINA YAPIŞARAK** ve aşağıya bakmamaya çalışarak korkudan ödleri patlayarak geçmeleri gerektiğinde Balabulan Asena'ya hayli kızdı. Ancak eski yolun yarı süresinde tepeye ulaşınca bu kızgınlığı da unutuverdi.

SİVRİBURUN tıpkı bir kartalın gagasına benziyordu. Öne doğru uzanmış bu dik kayalıkların ge-

risinde birçok mağara ve oyuk vardı. Rüzgârı hiç kesilmezdi. Bu havada çalışmak zor olacağından Balabulan ve Yarısıölük kaya girintilerinin arasında **UYGUN BİR KOVUK BAKMAYA KOYULDULAR.**

Asena, bu konuda da onlara yardımcı oldu. Kocaman bir mağaraya götürdü onları. Balabulan'la Yarısıölük buraya hayran kaldılar. Apaydınlık bir oyuktu ve rüzgârın içeriye girmesini engelleyen alçak boylu kayalarla çevrelenmişti.

"SANKİ ÖZENLE YAPILMIŞ GİBİ!" dedi Balabulan.

Yarısıölük onun kendini bu uçma işine fazlasıyla kaptırdığını düşünüyor ve bundan rahatsız oluyordu. Ona defalarca **UÇMANIN GERÇEKTEN KÖTÜ BİR FİKİR** olduğunu anlatmaya çalıştı. Balabulan onu dinlemiyordu. Yanında çeşitli kuşlara ait iskeletler getirmişti. Asena'nın yemekten hoşlandığı kuşlardı bunlar. Sonunda dalları yaban kazı kanatlarını örnek alarak örmeye karar verdiler.

Balabulan iskeletteki bağlantıları Bayterek'in verdiği dalları eğip bükerek, bazı yerlerinde ise deri kayışlarla bağlayarak oluşturmaya çalışıyordu. Yarısıölük de boş durmuyordu tabii. Balabulan'ın **AĞAÇTAN MİNYATÜR BİR HEYKELİNİ YONTMUŞ,** artan dallarla ve kumaş parçalarıyla o heykele uygun kanat takarak **UÇMA DENEMELERİ** yapıyordu. Deney sonuçlarına göre Balabulan'ın kanadında çeşitli yerleri düzeltiyorlardı.

Asena ise Sivriburun mağaralarında kol geziyor, bazen **İLGİNÇ ŞEYLER BULARAK YANLARINA DÖNÜYORDU.** Getirdikleri arasında üzüm, incir, çeşitli orman meyveleri oluyordu; hatta bunların bazılarını Balabulan'la Yarısıölük ilk kez görüyorlardı. Bir keresinde getirdiği küçücük bir meyvenin yanında **BEYAZIMSI KOCAMAN TIRTILLAR** da vardı ve çok iğrenç görünüyorlardı.

Balabulan,

"SADECE MEYVE GETİR ASENA." diye tembihliyordu sık sık.

Yarısıölük,

"TAVŞAN BUL, TAVŞAN!" diyordu, "Onların postundan harika atkı olur, beyaz ve sade ve de asil..."

Ulukavak Tırmanışı'na bir gün kala, dallarla yaptıkları iskelete Yarısıölük'ün özel kumaşını geçirdiler.

> "Tamamen yeni bir düğüm atma tekniği ile dokudum bunu. Bayterek'in dallarından bile hafif, üstelik rüzgârı geçirmeyecek kadar da sık!"

diyordu Yarısıölük.

Yarısıölük, bu kumaşı Umay Ana'ya sunarak yakında yapılacak çırak atamalarında şansını denemek istiyordu. **BALABULAN UÇABİLİRSE,** kumaşı için müthiş bir reklam olacaktı. Ama Balabulan her defasında çırak seçilmesinin imkânsız olduğunu yineleyip duruyordu.

"DOKUMA İŞLERİ BACILARA GÖRE YARISIÖ-LÜK." diyordu, "En iyisi git başka bir uğraş bul, o kadın seni çırak almaz."

Gel gelelim Yarısıölük kararlıydı. Kumaşı kanatlara tamamen gerdiklerinde, eserine hayranlıkla bakarak,

"GÖK TENGRİ ULUDUR, DUAMI ELBET DUYAR."

dedi.

7. Bölüm

TIRMANIŞ GÜNÜ

Tırmanış günü gelip çattığında, düzlüğün sağında ve solunda günün ilk ışıklarıyla birlikte **ŞENLİK ATEŞLERİ YAKILDI.** Daha sonra bu ateşlerin üzerine kocaman kazanlar konularak ziyafet yemekleri pişirilmeye başlandı.

ULUKAVAK DÜZLÜĞÜ'NÜN her yanı savaş becerilerini göstermeye çalışan kaslı adamlarla ve kaçışıp duran bebelerini peşleyen kadınlarla, şenlik çadırında tatlı tatlı dedikodu eden yaşlılarla ve tabii boy boy çocuklarla doldu.

Ulukavak'ın gölgesinin düştüğü yere tüm obanın aynı anda yemek yiyebileceği büyüklükte MUAZZAM BİR ZİYAFET SOFRASI KURULDU. Bu sofranın baş-köşesinde Kuday Ata oturmuş, etrafındaki kalabalık gruba Kanturalı'nın Ergenekon'a gelmesi ve Ulukavak ağacını dikmesiyle ilgili hikâyeleri anlatıyordu.

Herkesin keyfinin ziyadesiyle yerinde olduğu **AYDINLIK BİR HAVA VARDI.** Güneş biraz alçalıp ikindi serinliği başladığında Boğakaçıran **SAVAŞ BORUSUNU** öttürerek on iki öğrencisini Ulukavak'ın dibine topladı.

> "İlkin aletsiz tırmanacaksınız, sadece eller ve ayaklar... En yükseğe çıkan 'Ayı Tozu Yutmuş' unvanını almaya hak kazanacak!"

diye bildirdi.

Bu arada obadaki hemen herkes bu etkinliği görmek için Ulukavak'ın etrafında toplanarak bir çember oluşturdu.

Boğakaçıran **SEYİRCİLER İÇİN BİR SINIR BELİRLEDİ.** Sınırı geçen küçük çocukların annelerini bir güzel azarladıktan sonra,

"En yükseğe dedimse, tabii ki bir eşik noktası var." dedi kurnazca sırıtarak, "Şu yapraklı dalların başlamasından sonraki en yüksek yer demek o!"

Balabulan, Yarısıölük'ü dürterek, "**UÇMADAN İMKÂNSIZ BU!**" dedi.

"Ben hiç denemeyeceğim bile." diye karşılık verdi Yarısıölük, "**NASILSA O DEDİĞİ YERE ÇIKAMAM,** boş yere millete eğlence olmanın ne gereği var?"

Balabulan, **KAFASINI UÇMAKLA FENA HÂLDE BOZDUĞUNDAN** Yarısıölük'ün sorusunu cevaplamadı. Bir kuş gibi Ulukavak'ın tepesine konarak mavi renkli kurt başlı bayrağı bağladığı hayaller zihnini süsleyip duruyordu. Bu da yüzünde aptal bir sırıtışın belirmesine yol açıyordu.

Boğakaçıran oğlanları sıraya dizip **ALETSİZ TIRMANIŞ** için hazırladı. Tırmanışın sonunda Boğakaçıran'ın bahsettiği yapraklı dallara kadar ulaşabilen olmadı.

En heyecanlı tırmanış şüphesiz **TEZKOŞAN'A** aitti. Eşik noktasına bayağı yaklaştığı sırada güçten düşmüş, inerken de dengesini kaybedip **KAYINDEVİREN'İN ÜSTÜNE YUVARLANMIŞTI.** Kayındeviren'in dik burnu bu darbeyle hayli yamulmuştu doğrusu. Kayındeviren bunun acısını, Tezkoşan'ın burnunu pestile çevirene dek yumruklayarak fazlasıyla çıkarmıştı.

Boğakaçıran kısa bir aranın ardından borusunu tekrar öttürdü. Bu sefer oğlanlar iki gün boyunca gizli gizli hazırladıkları **ÖZEL TIRMANIŞ EKİPMANLARINI ÇIKARDILAR.** Yarısıölük tırmanıştan çekildiğini bildirerek diskalifiye oldu. Tezkoşan da burnundan akan kan durdurulamadığı için hastane çadırına yollandığından tırmanışa katılamadı.

Boğakaçıran boy uzunluklarına göre oğlanların tırmanış sırasını açıkladı. BALABULAN EN SONDAY-DI TABİİ. Kam Ana gelip tüm tırmanıcıları efsunlu olduğunu söylediği bir tütsü dumanına boğduktan sonra yarışma başladı.

Balabulan yanına Yarısıölük'ü alarak Asena'nın öğrettiği yoldan SİVRİBURUN'A ÇIKTI. Sivriburun'da hafif, ılık bir rüzgâr esmekteydi.

"Gök Tengri bizden yana." dedi Balabulan.

Ancak Yarısıölük aynı fikirde değildi. "Hâlâ çekilebilirsin, sadece bir yarışma, TEHLİKEYE ATILMA-YA DEĞMEZ." dedi Balabulan'a. Sivriburun'un en uç noktasında durmuş, devasa uçuruma bakıyordu.

Balabulan, "Hayatta olmaz." diye yanıtladı onu.

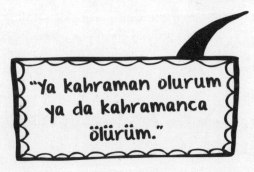

"Ya kahraman olurum ya da kahramanca ölürüm."

"EH, SEN BİLİRSİN O ZAMAN." dedi Yarısıölük. Balabulan'ın yaptığının kahramanlıktan çok aptallık olduğunu düşünüyordu.

"Deneylere göre kanatlar seni önce dağın zirvesinden de yükseğe çıkaracak, sonra yavaşça alçalmaya başlayacaksın, yönünü hep Ulukavak'a çevirmeyi unutma!" diyerek son bir kez taktik verdi Yarısıölük.

BALABULAN HAFİF KANATLARI SIRTINA ALDI ve Yarısıölük de deri kayışları onun kollarından ve bacaklarından geçirerek sıkıca bağladı.

Çok aşağılardan Boğakaçıran'ın savaş borusunu öttürüşü duyuluyordu. Ve boru onuncu kez öttüğünde, Boğakaçıran'ın, **"BALABULAAANN!"** diye gürlediğini duydular.

Balabulan tüm cesaretini toplayarak kartal gagasına benzeyen kayanın en ucuna doğru yürüdü. Son bir şey söylemek için arkasını döndü.

"DÜŞÜP ÖLÜRSEM ADIM KANATLI CEN... AAAAAA-AAAA!"

Ters esen rüzgâr Balabulan'ı bir uçurtma gibi önüne katıp havalandırdı. Balabulan işte bunu hiç beklemiyordu. **"ANNEEEEEEE!"** diye avazı çıktığı kadar bağırmaya başladı. Rüzgâr Balabulan'ı bir pervane gibi döndüre döndüre göğe çıkarıyordu.

Bu arada **BALABULAN TEPETAKLAK OLMUŞTU.** Midesindeki her şeyi aşağıya boca ediyordu. O sırada düzlükte birkaç kez, **"BALABULAAAN!"** diye kükreyen Boğakaçıran ve obanın geri kalanı, Tamisabet'in,

"Kafama dev gibi bir kuş pislediiiii!" diye bağırmasıyla gözlerini gökyüzüne diktiler.

İzlemeye kesinlikle değer bir görüntüydü. Balabulan fır dönerken Boğakaçıran, **"AKLINA YANDIĞI-MIN ZIRDELİSİ, UÇAR."** dedi şaşkınlıkla.

Kuday Ata, "VAY BENİM AKILLI ÇIRAĞIM, YAŞA YAŞAAA!" diye tezahürat yaptı.

Balabulan'ın annesi dizlerini dövmeye başlamıştı bile. Balabulan'sa **YUKARIDA ZOR DURUMDAYDI.** Bayterek'in esnek dalları bükülmeye başlamıştı ve üstündeki gergin kumaşın torbalanmasına sebep olmuştu.

İşte o an, Balabulan kendini uçarken değil, UMUTSUZCA DÜŞERKEN buldu.

diye bağırıyordu ki son sürat tam karşısında uzanan **ULUKAVAK'IN EN TEPESİNE ÇAKILDI.** Can havliyle ağacın dallarına tutunmaya çalışan Balabulan hemen sonrasında, sol tarafa doğru sallandığını hissetti.

Daha düşmediğini anlayıp sevinmesine fırsat kalmadan, yerden bulunduğu noktaya ulaşan "KAÇIIIN, DEVRİLİYOR!" nidalarını işiterek ağaçla birlikte yerin dibini boylamakta olduğunun farkına vardı.

Balabulan,

"İMDAAAAT!" diye çaresizce bağırırken, o ters yönden esen rüzgâr, çığlığını duymuş gibi gelip sırtında artık kubbeye dönüşmüş olan dal ve kumaş yığınının içine dolarak **ONU BİR BALON GİBİ ŞİŞİRDİ.** Böylece ağaç düşerken, Balabulan yavaşça geriye doğru çekildi ama ne yazık ki ayağı, Ulukavak'ın sık dalları arasına sıkıştığından KAVAKLA BİRLİKTE YERE SERİLMEKTEN KURTULAMADI.

İzleyenlerin şaşkın bakışları altında Ulukavak, düzlüğü boydan boya kapladı ancak çok uzundu, tepe kısmı uçurum boşluğuna denk geldi. Neyse ki Balabulan da tam bu noktada olduğundan bir bacağından asılı şekilde boşlukta sallanmaya başladı.

BOĞAKAÇIRAN, cesaretle ağacın yerde yatan gövdesinin üzerinde ilerleyerek, **BALABULAN'I ÇEKTİĞİ GİBİ YERE ATTI.**

Balabulan'dan ses seda çıkmıyordu. Herkes elini ağzına kapamış, Balabulan'a bakarken, Asena koşup yanaklarını yalamaya koyuldu. Tam da o sırada Yarısıölük yetişti.

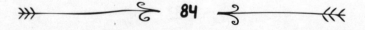

"ÖLDÜ DEĞİL Mİ?" diye sordu şok geçirmiş gibi görünen sessiz kalabalığa. "Bir ismi çok gördünüz şuncağıza!" diye bağırdı. "Öleceğini anlamıştı, bile bile ölüme gitti. Üstelik kıytırık bir isim için. Adım Kanatlı Cenaze olsun dediydi bana!"

"KANATLI CENGÂVER!" dedi Balabulan hâlsizce. Asena'nın tükürükleri onu kendine getirmişti anlaşılan. Toktamış Bey'le annesi gelip Balabulan'a sarıldılar. Kuday Ata da aksak adımlarla yanlarına vardı.

BAMSI BEY, büyük bir öfkeyle ağacın kökünden ucuna doğru yürüyerek parmağını Balabulan'a doğru sallayarak haykırdı,

"Kutlu ağacımızı öldürmenin cezası ölümdür."

"DESTUR!" dedi Kuday Ata, "Ağacı kuş kadar bir oğlan mı devirmiştir? Dediğini kulağın duysun Beyim!"

"TÖREDİR ATAM, kutlu ağaç yıkılmıştır, gereği yapılacaktır." dedi Bamsı Bey kesin bir dille.

Balabulan işte bunu beklemiyordu. Daha ölmediği için doğru düzgün sevinemeden yine ölüm korkusu yaşamaya başlamıştı.

"KURULTAY TOPLANSIN O VAKİT." dedi öfkeden kulakları kızaran Bamsı Bey.

Yarısıölük, Bamsı Bey'e yaklaşarak göğsünü kabarttı,

"BALABULAN TEK BAŞINA YARGILANAMAZ, kanatları birlikte yaptık!" dedi cesaretle.

Bamsı Bey çileden çıkmış görünüyordu. Kan beynine sıçramıştı âdeta.

"Siz ikiniz hayatım boyunca gördüğüm **EN KÖTÜ GÖKTÜRKLERSİNİZ.** Adımıza kara çalmaktan başka işe yarayacağınız yok sizin." dedi.

Kuday Ata, Bamsı Bey'in kolundan tutarak,

"Daha birinci müçesinde, küçücek bebelere bunca söz, beyliğe yaraşmaz Bamsı. **KENDİNE GELESİN!**" diyerek onu ziyafet sofrasının yanında kurulmuş büyük şenlik otağına doğru iteledi.

8. Bölüm

TOY
TOPLANTISI

Balabulan'la Yarısıölük, devrik kavağa sırtlarını yaslayarak beklemeye durdular.

"UÇTUN BİRAZ." diye söze başladı Yarısıölük. Balabulan'ın dağın zirvesini aştığında ne gördüğünü merak ediyordu. **"UÇMAĞ VAR MIYDI YUKARIDA?"**

"Yoktu da..." dedi Balabulan kendinden emin olamayarak, **"SANKİ DENİZİ GÖRÜR GİBİ OLDUM,** bizim göl yanında damla kalırdı gerçekten, Kam Ana haklı olabilir."

Konuşmaları iki alpin gelip onları otağa çağırmasıyla son buldu.

Otağa girdiklerinde Bamsı Bey **HAYLİ ÇATIK KAŞLARLA** ikisine de delici bir bakış attı.

Kuday Ata'nın yüzündeyse sevecen, rahatlamış bir ifade vardı.

Yarısıölük'ün babası İni Bey'le Balabulan'ın babası Toktamış Bey de **HUZURSUZ VE ÖFKELİ** gö-

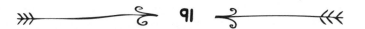

rünüyorlardı. Oğullarının gördüğü muameleden oldukça rahatsızlardı.

Boğakaçıran ayağa kalkarak,

"TOY KURULMUŞ, KARAR VERİLMİŞTİR." dedi.

Yarısıölük'le Balabulan birbirlerine baktılar.

"Balabulan ve Yarısıölük, ağacın devrilmesinden sorumlu değildir, cadı karı…"

Kuday Ata bastonunu yere vurarak Boğakaçıran'ı uyardı.

Balabulan, onun Kam Ana'dan neden bu kadar nefret ettiğine bir anlam veremiyordu.

"Yani Kam Ana **AĞACIN ÇÜRÜDÜĞÜNE ŞAHİTLİK YAPMIŞTIR.**"

"İyesi geçen gün onu terk etmiştir, vedalaştı." diyerek araya girdi Kam Ana, "Boğa beyinli beygir, bunu demeyi unutmuştur!"

Boğakaçıran, Kam Ana'ya doğru bir-iki adım ilerleyip durdu, öldürücü sağ yumruğu acayip tik yapmıştı.

"SEN KİME NEDDİYOOOOON?" diye gürledi. Sinirden kudurmak bu olsa gerekti.

Balabulan'la Yarısıölük korkuyla gerilediler. Kuday Ata bastonunu yeniden yere güm güm vurunca Boğakaçıran, Kam Ana'ya sırtını dönerek devam etti,

"Bu iki salak, yarından tezi yok, aynı yere aynından bir ağaç dike, CEZA BUDUR. Toy dağılabilir." dedi.

Bamsı Bey'in daha söyleyecekleri bitmemişti, Balabulan'a dik dik bakarak,

"Obada uçmak yasaktır, bundan böyle biline, uçmaya kalkışan Ayıboğan gibi sürgün edilecektir."

dedi. Balabulan'la Yarısıölük çabucak başlarını salladılar.

9. Bölüm

KANTURALI'NIN SANDIĞI

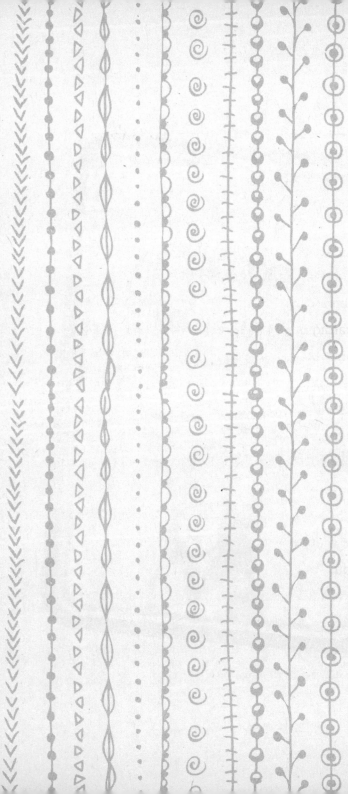

Ertesi gün Balabulan'la Yarısıölük, **ULUKAVAK DÜZLÜĞÜ'NDE** artık kökünün sadece yarısı toprağın içinde olan ağaçla uğraşıp durdular.

Akşama doğru Balabulan, bir kök parçasını çekip çıkardığında, toprak yığınının içinde parlayan kırmızımsı bir şey gördü.

"BAK!" dedi Yarısıölük'e işaret ederek, **"ŞURADA BİR ŞEY VAR."**

İkisi merakla eğilip kırmızı şeyin etrafını temizlediler. **BİR KULPA BENZİYORDU.** Yarısıölük onu tutup çektiğinde yerinden oynamadı.

Balabulan baltasının ucuyla yavaşça vurduğunda metalin metale sürtmesinden gelen o bildik tıngırtı duyuldu.

MERAKLA VE HEYECANLA KAZMAYA KOYULDULAR. Çukur derinleştikçe derinleşti ve nihayetinde Balabulan kulpundan çekerek onu toprağın dışına çıkartmayı başardı.

Tamamen **DEMİRDEN YAPILMIŞ BİR SANDIKTI BU.**
Taş çatlasa iki karış uzunluğundaydı, kıpkırmızıydı ve üzerinde, açma kilidinin olduğu yerde tıpkı Kam Ana'nın çadırındakine benzer bir çarpı işareti vardı.

"**AÇALIM.**" dedi Balabulan sevinçten sesi titreyerek.

Yarısıölük, "Yok!" diyerek yüzünü buruşturdu, "**DAHA YENİ CEZA ALDIK,** belki şu töre şeylerinden biridir!" dedi sıkıntıyla.

"Sırlar mı?" diye sordu Balabulan, "**ATAM KUDAY'A GÖTÜRELİM.**"

Balabulan, hâlâ Ulukavak'ın ucunda sallanmakta olan kanadını aldı ve üzerindeki kumaşı sökerek, sandığın üstüne sardı.

Doğruca koşar adımlarla Kuday Ata'nın otağına vardılar.

KUDAY ATA çadırının önünde bir iskemleye oturmuş ayaklarını da başka bir iskemleye atmış **KEYİF ÇATIYORDU.** Onları görünce, tatlı tatlı gülümsedi.

Balabulan, örtülü sandığı Kuday Ata'ya uzattı, "**ATAM, ULUKAVAK'IN KÖKLERİNİ EŞERKEN BUNU BULDUK!**" dedi.

Kuday Ata, sarılı sandığı aldı, örtüyü araladı ve sandıktaki çarpı işaretine dokundu.

"KANTURALI'NIN KEHANETİ!" diye mırıldandı. Sonra birden gözleri yerinden uğradı.

"Siz ikiniz nalları düzlüğe diktiniz mi?" diye sordu.

"EYVAH!" dedi Balabulan, "Sandığa dokununca **ATAMA BİR HÂLLER OLDU."** Bir gören var mı diye de etrafı kolaçan etti.

"Kuday Atam, hadi otağa girelim." dedi. Becerebildiğince sakin olmaya çalışıyordu.

İçeriye girdiklerinde Balabulan sandığı Kuday Ata'ya yeniden gösterdi.

"Atam, de bakayım bu nedir?" diye sordu.

"DEDİM YA! KEHANET SANDIĞIDIR." dedi Kuday Ata gözlerini boşluğa dikerek.

"Aferin sana, şimdi anlat bakalım neymiş bu kehanet?" dedi Balabulan kurnazlıkla, bu sırlara en yakın olduğu andı, hevesle ellerini ovuşturuyordu.

Ama hevesi kursağında kaldı, Kuday Ata bir anda silkinerek kendine geldi.

"SIR, KİMSELERE DENMEZ, OBA SIRRI NAMUSTUR, Kuday yemin vermiştir Gök Tengri'ye, sırrı açık eden **ERLİK'TE*** kendine yer beğeneeee!" diye haykırdı.

Yarısıölük şaşalayıp kalmıştı, "Şimdi ne yapacaksın?" dedi Balabulan'a.

Balabulan biraz düşündükten sonra, "Hayatta demez gayri bunun ne olduğunu." dedi, "Mecburen onu kendine getirmeye çalışacağız."

Balabulan uğraşıyordu. Kuday Ata'nın taklidini yaptı, ona en sevdiği masal olan **TEPEGÖZ'Ü YENME HİKÂYESİNİ** anlattı, nasıl ozana dönüştüğünden bahsetti ama nafile. Kuday Ata, ifadesiz bir suratla boşluğu seyretmeye devam ediyordu.

"OLACAĞI YOK BU İŞİN." dedi Yarısıölük umutsuzlukla. "Asıl bunun ruhu uçmuş, geriye kalansa yarım akıllı bir post! **LANETLİYMİŞ O SANDIK,** iyi ki ellemedik."

Balabulan, "Ruhu mu?" diye sordu kendi kendine, **"RUH İŞLERİNE KİM BAKAR?"** dedi cevap beklemeden.

Herkes biliyordu ki obada ruhlu işlere **KAM ANA** bakardı. Balabulan çabucak gidip onu buldu. Çok acil olduğunu söyleyerek eteğinden çekiştire çekiştire çadıra getirdi.

"ATAM KUDAY BİZİ TANIMAZ." dedi fısıltıyla, "Bir şeyler yapabilir misin? Büyü, efsun, ağu…"

Kam Ana, Kuday Ata'yı iyice inceledi, bir tütsü çubuğu yaktı, üfledi, etrafında gezindi; sonra,

"KEÇİLERİ KAÇIRMIŞ BU." diye teşhisini koydu.

"Onu biz de anladık. Tedavisi var mı?" dedi Balabulan oflayarak.

"E, KEÇİSİNİ BULMAK GEREK!" dedi Kam Ana.

"Nasıl?" dedi Balabulan.

"İnsan lanete uğrayınca böyle olur bazen, her yer delik dolu, ruh duman gibidir Balabulan, ilk bulduğu kovuktan sızar gider amma Kam Ana onu getirmeyi bilir. Bedava değildir."

"NE İSTERSİN?" dedi Balabulan hararetle, "Tezek, ot, tütsü, et…"

"Taş isterim!" dedi Kam Ana, "Balabulan, bir gün onu benim için alacak!"

"BİLMEDİĞİM BİR ŞEYİ Mİ ALACAĞIM?" dedi Balabulan inanamayarak.

"Kam Ana zamanı gelince Balabulan'a diyecek."
dedi Kam Ana.

Bazen insanlar duruma göre davranmayı seçer, ileride neler olacağını düşünmezler. Balabulan da öyle yaptı, tutup tutamayacağını bilmediği bir söz onu rahatsız ettiği hâlde, söz verdi.

Kam Ana, o güne kadar hiç görmedikleri BEYAZ RENKLİ BİR TÜTSÜ ÇUBUĞU ÇIKARDI, otağın ortasındaki ateşle onu tutuşturdu. Yoğun bir duman çıkararak tüten çubuktan, yasemin çiçeklerini andıran güzel bir koku yükseliyordu.

Kuday Ata, küçücük bir çocuk gibi dumanla oynamaya başladı. Kam Ana, OĞLANLARIN GÖREMEDİĞİ BİR ŞEYİ yakalar gibi yaptı, sonra da onu Kuday Ata'nın burnuna doğru üfledi.

Kuday Ata, kötü bir rüyadan uyanır gibi derin derin soludu. Sonra,

"GÜLÇİÇEK, BALABULAN, YARISIÖLÜK..." dedi şaşkınca, "Ne ararsınız otağımda?"

Balabulan, oh çekerek sedirin altına sakladığı sandığı çıkarıp gösterdi.

"Kavağın kökünün altında bunu bulduk beyim!" diye anlatmaya başladı. Kam Ana da gelip dikkatle şimdi Kuday Ata'nın kucağında duran metal sandığa baktı.

"KANTURALI'NIN SANDIĞI..." dedi Kuday Ata, "Oba büyüklerinin önünde açılması lazım, kehanet günün birinde bulunacağını dediydi."

Balabulan, "NE KEHANETİ?" diye sordu hemen.

Bir kahramanın gelmesiyle ilgili olduğunu falan sanmıştı. **BOŞ HAYALLER KURMAYA** en elverişli beyin ondaydı ne de olsa. Ancak sanki bu sefer çok yanılmıyordu.

"**ULUKAVAK'IN DEVRİLMESİ BİR İŞARETTİ.**" dedi Kam Ana. "İkinci işaret de sandığın bulunması demek ki..." diye akıl yürüttü.

"**AÇ, AÇ, AÇ...**" diye tempo tuttu Balabulan'la Yarısıölük. Bunca gizem gözlerini döndürmüştü.

"Hadi, kış kış." dedi Kuday Ata, "**BU SIRLI BİR İŞ, SİZİ İLGİLENDİRMEZ.**"

Oğlanlar, arkalarına baka baka, pişmanlıkla otağdan ayrıldılar.

10. Bölüm

İSİM TÖRENİ

Ertesi sabah Balabulan **BÜYÜK BİR GÜRÜLTÜYLE UYANDI.** Asena gelmiş, tüm kap kacağın üzerinde tepiniyordu.

"N'oluyor?" dedi Balabulan ayılmaya çalışarak.

"MEYDANDA TOPLAŞMAK, BALABULAN'I DA ÇA-ĞIRMAK." dedi Asena.

Balabulan yatağından ok gibi fırladı. Sandıkla ilgili önemli bir gelişme olmuştu besbelli, durup dururken herkes meydanda niye toplansındı ki?

ÇADIRINDAN ÇIKTIĞINDA meydanın tam ortasında şenlik ateşinin yakıldığını gördü.

Kuday Ata merasim elbiselerini giymiş oba büyükleriyle oturuyordu.

Kam Ana, davulunu ateşin üstünde çeviriyor; kâh yükselen, kâh alçalan garip sesli bir ilahi söylüyordu.

"İSİM TÖRENİ Mİ?" diye düşündü Balabulan inanamayarak. Durum öyle görünüyordu. Balabulan hayretten biraz sersemleyerek diğer oğlanların ayakta dikilerek bekleştiği yere gitti.

"KENDİNİ KUŞ SANAN UCUBEYE YER AÇIN!" dedi Kayındeviren, oğlan sırasının en önünde durmuş dirseğini Tamisabet'e dayamış caka satıyordu.

TAMİSABET, Balabulan gelince eğilerek abartılı bir reverans yaptı. Balabulan aralarından geçmenin kötü bir fikir olacağının farkındaydı.

Şükür ki o sırada Kuday Ata el ederek Balabulan'ı yanına çağırdı. Balabulan içi ferahlayarak gitti hemen.

Kuday Ata'nın kucağında Yarısıölük'ün bezine sarılı sandık duruyordu. Balabulan **SANDIĞIN İÇİNDEKİ NEYSE OBAYLA PAYLAŞILACAĞINI ANLADI.**

Boğakaçıran meydandaki herkes onu rahatça görebilsin diye **BİR KÜTÜĞÜN ÜZERİNE ÇIKTI.** Bunu yapmasına hiç gerek yoktu, o cüssesiyle onu göremeyen kişinin, kör olmasından şüphe ederdiniz.

Savaş eğitmenliğinin yanında sözcülük görevini de yürütüyordu. Çok başarılı değildi ama obada **ONUN GİBİ GÜRLEYENİ** de bulamazdınız doğrusu.

Boğakaçıran gürültüyle boğazını temizledikten sonra,

"Beyler, bacılar! Bilirsiniz ben lafı uzatmam, lakırdıdan hoşlanmam." diye başladı söze.

"Toplaştık çünkü haberler mühimdir. Balabulan'la Yarısıölük tamamen tesadüf eseri, Kanturalı'nın Kehanet Sandığı'nı bulmuşlardır."

diye duyurdu.

BALABULAN'IN GÖZLERİ YARISIÖLÜK'Ü ARADI. Adı geçiyordu ne de olsa, ortalıkta olması gerekirdi. Nerelerde diye bakınırken, İni Bey'in onu iteleyerek getirdiğini görüp rahatladı. Sabahın bu saatinde uyanacak oğlan değildi tabii.

Boğakaçıran, Yarısıölük'ün Balabulan'ın yanında yerini alması için azıcık bekledi. Sonra ikisini üstün körü işaret ederek,

"BU İKİSİ TESADÜFEN DE OLSA BULDUKLARI ŞEY İÇİN ÖDÜLLENDİRİLECEK!" dedi. Buna biraz sinirlenmiş gibiydi. Sonuçta Boğakaçıran'ın ödül hak etme konusunda tamamen **SAVAŞ BECERİLERİNİN** üstünlüğüne dayalı radikal görüşleri vardı.

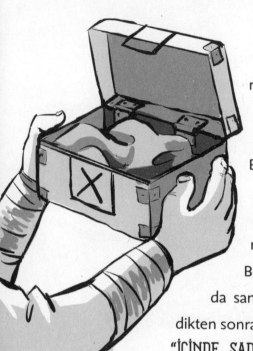

"Ödül törenine geçmeden önce, sandığın içindekiler sizlerle paylaşılacak." dedi Boğakaçıran.

Herkes dikkat kesildi. Kuday Ata örtüsünü kaldırarak sandığı Boğakaçıran'a uzattı. O da sandığı şöyle bir gösterdikten sonra, kapağını kaldırdı.

"İÇİNDE SADECE BU VARDI." dedi Boğakaçıran, **GÖZ ALICI MAVİ KUMAŞI** çıkararak. Balabulan'ın daha önce benzerini hiç görmediği bir ışıltıyla parlıyordu kumaş.

UMAY ANA, büyülenmişçesine oba meclisindeki yerinden kalkıp kumaşa doğru yürüdü ve çok nadide bir mücevhermiş gibi yumuşakça ona dokundu.

"İPEK!" dedi inanamamazlıkla.

Kalabalıktan, **"OOOOOOO!"** sesleri yükseldi. İpek, sırrını sadece Çinlilerin bildiği bir kumaş türüydü. Göktürkler, soylarının tükeneyazdığı o kanlı baskının, **İPEĞİN SIRRIYLA** ilgili olduğunu biliyorlardı. Kanturalı birçok gizem gibi ipeğin bilgisini de beraberinde götürmüştü.

"Evet." dedi Boğakaçıran, ipek kumaşı Umay Ana'dan kurtarmaya çalışarak, **"BİZ DE TAM OLARAK ÖYLE DÜŞÜNDÜK."**

Boğakaçıran, Umay Ana'dan çekiştirerek almak zorunda kaldığı kumaşı iki ucundan tutarak açtı.

Balabulan mavi kumaşta parlayan siyah **GÖKTÜRK HARFLERİYLE** yazılmış beş sütunluk metni gördü. Ancak harfler üzerine yazıldıkları kumaş gibi ince ve narindi, ne yazdığını okuyamadı.

Boğakaçıran, **"KUMAŞTA KEHANETLER YAZI-YOR."** diye açıkladı, "Bayterek onları akşamdan sabaha kadar çalışarak kütüklere kazıdı. İsteyen gidip şuraya bakabilir." dedi, parmağıyla bey çadırının hemen solundaki boşluğu işaret ederek.

Balabulan, Boğakaçıran'ın işaret ettiği yerde, birbiriyle aynı boyutta **DEV GİBİ BEŞ AHŞAP SÜTUN** gördü. Her birine yukarıdan aşağıya doğru kehanetler kazınmıştı:

> Bozyeleli gelende,
> Ulukavak sırrı vere,
> İpek açık olanda,
> Al uğursuz kovula,
> Yasak ele giren de, Ötüken'e yol ala.

Herkesin sesini kesip okumaya koyulduğu uzunca bir an oldu.

Sonra Boğakaçıran sıkılarak,

"Neyse, bakan sonra da bakar!" dedi öfkeyle. "Yarısıölük!" diye gürledi, **"AD MI, AT MI İSTERSİN?"**

Yarısıölük'ün bir atı vardı ama bunun yanında arkadaşını seven ve önemseyen kocaman bir kalbi de vardı.

"At isterim." dedi, kalabalıktan alkışlar yükseldi. **"O ZAMAN BALABULAN'A AD VERİYORUZ."** diye durumu izah etti Boğakaçıran.

Balabulan, Kayındeviren'e imalı imalı bakarak Kuday Ata'nın karşısına geçti.

Bu kez olmuştu işte. Kuday Ata da gayet sağlıklı görünüyordu. **BALABULAN'NIN KEYFİNE DİYECEK YOKTU.** Yeni isminin harika olacağını düşünerek sevinçten dört köşe olmuş, bekliyordu.

Ancak Bamsı Bey ilginç bir çıkış yaptı,

"Balabulan'ın ismini ben vermek isterim."

Balabulan şaşkınlıkla ona baktığında tam arkasında **SİNSİCE DİKİLEN KAYINDEVİREN'İ** gördü.

Balabulan'ın karnına garip bir ağrı saplandı.

Kuday Ata'nın, **"ÂLÂ, ÂLÂ..."** demesiyle sancısı iyiden iyiye arttı. Balabulan ağlamaklı olmuştu.

Bamsı Bey ayağa kalkarak Balabulan'ın karşısında durdu,

"BUNDAN BÖYLE SENİN ADIN TİTREKDÜŞEN'DİR."

diye haykırdı.

Herkes çılgınca alkışlarken, Yarısıölük dışındaki oğlanlar kendilerini gülmekten yerlere attılar.

Yarısıölük gelip Balabulan'ın omzunu pat patlayarak,

"SENİNKİ DE NE KÖR TALİHMİŞ BRE!" dedi.

Annesi ve babası Balabulan'a sarıldılar.

"Her işte bir hayır vardır oğlum!" dedi babası ciddiyetle.

Annesi, **"TİTREKLER GİBİ UZUN ÖMÜRLÜ OLASIN."** diyerek sırtını sıvazladı.

Asena, dişlerini birbirine vurdurarak, **"TİTREK?"** dedi soran gözlerle.

"Of, öyle değil!" diye açıkladı Balabulan, **"TİTREK, KAVAK DEMEK."**

Ertesi gün Titrekdüşen'le Yarısıölük, Ulukavak Düzlüğü'ne gidip kavak fidanını diktiler. Titrekdüşen yerde boylu boyunca yatan ölü ağacın gövdesinde ONLARCA KURBAĞA gördü. Var güçleriyle vıraklıyorlar, kendi dillerince evrene mesaj yolluyorlardı. Duruma cuk oturan, **HARİKA BİR GÖRÜNTÜYDÜ.**

Balabulan, kurbağalara gülümseyerek bakarken, zor diye bir şeyin olmadığını kavramıştı artık, imkânsızsa biraz zaman alıyordu işte. Kurbağalar ağaca öyle ya da böyle tırmanıyorlardı, talihsiz isimler **EBESİÇEKEN, BALABULAN, TİTREKDÜŞEN'E** bir lanet gibi yapışmışlardı. Ancak umutsuz olmamayı öğrenenler için son diye bir şey yoktur.

"Belki..." dedi Titrekdüşen de, "İpeğin sırrına giden yolda, **BELKİ AZICIK UCUNDAN KAHRAMAN OLURUM,** adım da o zaman, o zaman belki..."

SON SÖZ

Tabii ki Titrekdüşen, SONSUZA DEĞİN BU İSİMLE ANILMADI. Onu tanıyanlar gayet azimli biri olduğunu şimdiye kadar çoktan fark etmişlerdir.

Bu isimden de kurtulmanın yolunu buldu elbet, artık bu da başka bir hikâyenin konusudur. En iyisi mi **SİZ DİĞER KİTABI DA OKUYUN,** zira bu ziyadesiyle eğlenceli bir öyküdür.

Bu kitabın sahibi:

....